Mitten ins Licht

Mitten ins Licht

Aquarelle
Eberhard Münch

Gedichte
Rose Ausländer
Ingeborg Bachmann
Johannes Bobrowski
Paul Celan
Hilde Domin
Manfred Hausmann
Hermann Hesse
Marie Luise Kaschnitz
Karl Kraus
Reiner Kunze
Kurt Marti
John Henry Newman
Rainer Maria Rilke
und andere

Ausgewählt und eingeleitet
von Wilfrid Lutz

Präsenz

Gott sprach: „Es werde Licht!“
Und es ward Licht.
Gott sah, dass das Licht gut war,
und Gott schied zwischen dem Licht
und der Finsternis.
Gott nannte das Licht Tag
und die Finsternis Nacht.
Es ward Abend und es ward Morgen:
Der erste Tag.

1. Mose 1,3

Vorwort

Der stille Schein einer Kerze im dämmrigen Zimmer, das Glitzern der Sterne am unendlichen Nachthimmel, die Sonne, die nach langem Regen endlich wieder strahlend hell durch die graue Wolkendecke bricht – wer von uns sehnt sich nicht nach dem Licht, wer könnte sich seiner Faszination entziehen? Als ebenso selbstverständliches und vertrautes wie geheimnisvolles Urphänomen der Schöpfung ist das Licht eine allgegenwärtige Erscheinung, die im ewigen Wechsel von Tag und Nacht, im zyklischen Lauf der Jahreszeiten und vielem anderem mehr unser Leben maßgeblich bestimmt.

Licht ist weit mehr als nur ein naturwissenschaftlich-physikalisches Phänomen. Als wesenhaftes Grundelement des Kosmos stellt es in seiner Hindeutung auf das Immaterielle, Göttliche und Transzendente eines der zentralen spirituellen und religiösen Ursymbole der Menschheit, die reinste Verkörperung des Heilbringenden, Guten und Lebens selbst dar. Der Gedanke der Trennung von Licht und Finsternis und deren Überwindung als Setzen einer ersten kosmischen Ordnung findet sich in der mythischen Überlieferung zahlreicher Völker und Religionen, weshalb die Sonne, der Urquell des Lichts und allen Seins auf unserem Planeten, in den unterschiedlichsten Kultformen als schöpferisch-göttliches Prinzip verehrt wurde. Mit der allgemeinen Anschauung, dass jedes menschliche Erkennen ein Erleuchtetwerden vom Licht der ewigen Ideen sei, erhält der Licht-Begriff erstmals dann in der antiken griechischen Philosophie auch eine erkenntnistheoretische und ethische Dimension.

Sah bereits der jüdisch-hellenistische Philosoph Philon von Alexandria (20/10 v. Chr. – 40/50 n. Chr.) in Gott das „Urlicht“ und die „geistige Sonne“ der Welt, so gilt das Licht seit der im Buch Genesis des Alten Testaments überlieferten Vorstellung, dass die Erde von Gott mit der Scheidung von Licht und Finsternis erschaffen wurde, in christlicher Tradition als das erste Schöpfungswerk und das wichtigste religiöse Ursymbol für sein göttliches Geheimnis. Gottes Wesen selbst wird in den Schriften der Bibel als „ewiges" und „wunderbares Licht" charakterisiert, immer wieder wird er darin mit dem Licht gleichgesetzt oder verglichen, und auch Jesus Christus spricht von sich im Neuen Testament wiederholt als dem „Licht der Welt", während alle, die ihm als bekennende Christen mit ihren Werken nachfolgen, fortan zu den „Kindern des Lichts" gehören. Das Wort Gottes allein ist nach biblischem Verständnis „das wahrhaftige Licht, das alle Menschen erleuchtet" – eine zentrale Glaubensaussage, die später auch vom großen christlichen Kirchenlehrer Aurelius Augustinus (354 – 430 n. Chr.) aufgegriffen und weitergeführt wird. Nach dessen Illuminationstheorie ist zu vollkommener spiritueller Erkenntnis über die rationale Verstandeskraft hinaus erst noch die inspirative Erleuchtung durch ein höheres, göttlich-geistiges Licht erforderlich, ohne die der Mensch nicht zur Schau der letzten, absoluten Wahrheiten gelangen kann.

Für die mittelalterlichen Mystiker ist das Licht die Sphäre des kontemplativen Innewerden Gottes in der menschlichen Seele, in dem die einstige Vereinigung mit seinem himmlischen Licht bereits im diesseitigen Leben vorweg erfahren wird. In zahlreichen bildlichen Abwandlungen knüpfen auch die christlich geprägten Lyriker der Barockepoche – allen voran Simon Dach, Andreas Gryphius und Angelus Silesius – an die biblisch-mystische Lichtmetaphysik und ihre Gottes-, Christus- und religiöse

Heils-Symbolik an, häufig in rhetorischer Antithese zur „Schmerzensfinsternis" (Gryphius) der Schwermut und Gottferne.

Während sich das klassische Dichter- und Universalgenie Goethe vor allem in seinen naturwissenschaftlichen Schriften mit dem Phänomen des Lichts auseinandersetzt, seiner Auffassung zufolge das „sonnenhafte" menschliche Auge selbst „sein Dasein dem Licht zu danken hat", erreicht die lyrische Gestaltung der christlich-religiösen Lichtmetaphorik nahezu zeitgleich in der deutschen Romantik ihren letzten Zenit. Dichter wie Novalis, Clemens Brentano, Joseph von Eichendorff, Ludwig Uhland, Friedrich Rückert oder Eduard Mörike greifen das Licht-Motiv immer wieder auf, das mit seinem mystischen Symbolgehalt über die Epoche der Spätromantik und des Biedermeier noch bis in die impressionistische Lyrik der Jahrhundertwende fortwirkt, besonders eindrucksvoll bei Richard Dehmel, dem es in seinem Gedicht *Manche Nacht* wie keinem anderen gelingt, den archetypischen Moment des inneren Überwältigtwerdens von der elementaren, alles verwandelnden Macht und Schönheit des Lichts ins poetische Wort zu bannen.

Trotz der weitgehenden Entzauberung seines Geheimnisses durch die moderne Naturwissenschaft hat das Licht auch für viele Dichter des 20. Jahrhunderts nichts von seiner Faszination und ursprünglichen Symbolkraft verloren. Sowohl in der christlichen Dichtung, die unbeschadet aller literarischen Zeitströmungen die Tradition der biblischen Lichtmetaphysik bruchlos weiterführt – „die Auferstehung nur in der Sprache des Lichts verkündigen kann" – wie es programmatisch bei der katholischen Schriftstellerin Gertrud von le Fort heißt, als auch bei der Mehrzahl der eher weltlich orientierten Lyriker des vergangenen Jahrhunderts bleibt das Vertrauen in die geistig-schöpferische Macht des „lichtgebornen Worts“ (Oskar Loerke) ungebrochen. – Bis heute ist die Lyrik „mit dem Licht im Gespräch“ (Ernst Meister), zählt das Motiv des Lichts zu den ebenso „unbegreiflich schönen“ (Doris Runge) wie unverzichtbaren Ursymbolen und Inspirationsquellen der Dichtung.

Für den Christen verweist das Licht noch immer allegorisch auf den Weg der Erlösung aus dem Dunkel der Gottferne und das verheißene ewige Leben – am vollkommensten verkörpert in der Person Jesu Christi, der nach der neutestamentlichen Heilsbotschaft mit seinem Kreuzestod und dem lebendigen Licht seiner Auferstehung die Macht und Finsternis des Todes für alle, die an ihn glauben, zeichenhaft gebrochen und überwunden hat. Und wenn es bereits hier auf der Erde ein für uns unsichtbares Licht gibt, das aber dennoch unbestreitbar real und existent ist, warum sollten wir uns dann nicht auch den Tod als Heimkehr der Seele ins übersinnliche Licht des wahren Lebens, in die himmlische Lichtwelt Gottes vorstellen dürfen?

Solange wir auf dieser Welt zu Gast sind aber „halten wir“, wie es die Lyrikerin Rose Ausländer in ihrem Gedicht *Lichter* formuliert, in der Hoffnung, dass sie niemals erlischt, „die Lebensfackel in unsrer sterblichen Hand“, bleibt es, um mit Eva Strittmatter zu sprechen, „die allererste Menschenpflicht, das Erdenlicht zu vermehren“ – eine luzide Weisung, der gewiss auch die Gedichte der vorliegenden Auswahl und die sie begleitenden leuchtend-farbenprächtigen Aquarelle von Eberhard Münch entsprechen können, indem sie ihren Leser wie Betrachter „mitten ins Licht“ führen!

Wilfrid Lutz

Licht II

Was bleibt im Menschen unwandelbar?
Wie sehr verwandelt er sich im Fleisch!
Man kann nicht glauben, daß er das war,
Das braune Kind mit dem sanften Haar
Und dem Lustschrei wie Schwalbenkreisch.

Er wundert sich selber, daß er so verging,
Wenn er sich einmal, was selten ist, sieht.
War es nicht gestern, daß alles anfing?
Jetzt welkt die Hand und trägt einen Ring.
Vergangen ist schon, was morgen geschieht.

Doch etwas in ihm muß unwandelbar sein.
Ein Befehl, eine Sucht oder auch ein Gebet.
Das wacht mit ihm auf und schläft mit ihm ein.
Das wird niemals groß und war niemals klein.
Und ist das, was mit ihm nicht vergeht.

Was das in ihm war, er wußte es nicht.
Unwissend hat er es weitergegeben.
Manchmal schien ihm, es war nichts als Licht.
Und vergänglich waren wohl Leib und Gesicht.
Aber nicht das, was brennt, das Leben.

Eva Strittmatter

Unterwegs

Über mir
wölb ich den Lichtball.

Wenn meine Stimme leiser wird
wo soll ich hin
mit diesem Ich
das täglich Junge wirft
Neugeburten.

Die Sonne
kommt nicht wieder
und geht nicht unter.
Ich
unterwegs

in einer Fruchthülle
aus Licht.

Hilde Domin

Ich will dich lieben

Ich will dich lieben, meine Stärke,
Ich will dich lieben, meine Zier,
Ich will dich lieben mit dem Werke
Und immerwährender Begier:
Ich will dich lieben, schönstes Licht,
Bis mir das Herze bricht.

Ich will dich lieben, o mein Leben,
Als meinen allerbesten Freund;
Ich will dich lieben und erheben,
Solange mich dein Glanz bescheint.
Ich will dich lieben, Gottes Lamm,
Als meinen Bräutigam.

Erhalte mich auf deinen Stegen
Und lass mich nicht mehr irregehn;
Lass meinen Fuß in deinen Wegen
Nicht straucheln oder stille stehn:
Erleucht mir Leib und Seele ganz,
Du starker Himmelsglanz.

Ich will dich lieben, meine Krone,
Ich will dich lieben, meinen Gott;
Ich will dich lieben ohne Lohne
Auch in der allergrößten Not;
Ich will dich lieben, schönstes Licht,
Bis mir das Herze bricht.

Angelus Silesius

An die Sonne

Schöner als der beachtliche Mond
        und sein geadeltes Licht,
Schöner als die Sterne,
        die berühmten Orden der Nacht,
Viel schöner als der feurige Auftritt eines Kometen
Und zu weit Schönrem berufen
        als jedes andre Gestirn,
weil dein und mein Leben jeden Tag
        an ihr hängt, ist die Sonne.

Schöne Sonne, die aufgeht,
        ihr Werk nicht vergessen hat
Und beendet, am schönsten im Sommer,
        wenn ein Tag
An den Küsten verdampft und ohne Kraft
        gespiegelt die Segel
Über dein Aug ziehn, bis du müde wirst
        und das letzte verkürzt.

Ohne die Sonne nimmt auch die Kunst
        wieder den Schleier,
Du erscheinst mir nicht mehr,
        und die See und der Sand,
Von Schatten gepeitscht, fliehen unter mein Lid.

Schönes Licht, das uns warm hält,
        bewahrt und wunderbar sorgt,
dass ich wieder sehe und dass ich dich wiederseh!

Nichts Schönres unter der Sonne
        als unter der Sonne zu sein …

Nichts Schönres als den Stab
im Wasser zu sehn und den Vogel oben,
Der seinen Flug überlegt, und unten die Fische
im Schwarm,
Gefärbt, geformt, in die Welt gekommen
mit einer Sendung von Licht,
Und den Umkreis zu sehn, das Geviert
eines Felds, das Tausendeck meines Lands
Und das Kleid, das du angetan hast.
Und dein Kleid, glockig und blau!

Schönes Blau, in dem die Pfauen spazieren
und sich verneigen,
Blau der Fernen, der Zonen des Glücks
mit den Wettern für mein Gefühl,
Blauer Zufall am Horizont!
Und meine begeisterten Augen
Weiten sich wieder und blinken
und brennen sich wund.

Schöne Sonne, der vom Staub
noch die größte Bewundrung gebührt,
Drum werde ich nicht wegen dem Mond
und den Sternen und nicht,
Weil die Nacht mit Kometen prahlt
und in mir einen Narren sucht,
Sondern deinetwegen und bald endlos
und wie um nichts sonst
Klage führen über den unabwendbaren Verlust
meiner Augen.

Ingeborg Bachmann

Licht der Frühe

Heimat, Jugend, Lebens-Morgenstunde,
Hundertmal vergessen und verloren,
Kommt von dir mir eine späte Kunde
Hergeweht, so quillt's aus allen Tiefen,
Die verschüttet in der Seele schliefen,
Süßes Licht du, Quelle neugeboren!

Zwischen Einst und Heut das ganze Leben,
Das wir oft für stolz und reich gehalten,
Zählt nicht mehr; ich lausche hingegeben
Den so jungen, den so ewig-alten
Märchenbrunnen-Melodien wieder
Der vergessenen alten Kinderlieder.

Über allen Staub und alle Wirre
Leuchtest du hinweg und alle Mühe
Unerfüllten Strebens in der Irre,
Lautre Quelle, reines Licht der Frühe.

Hermann Hesse

Das Wunderbare

die leuchtende bahn eines vogels an
einem unscheinbaren morgen die
gesichter der menschen beim auf
wachen ihre gesten ihre worte sind
die der liebenden die zartheit der
luft in den zimmern es ist als hätte
man sie geküsst eine helligkeit liegt
über jedem gedanken der seine bahn
nimmt wie die des vogels gen himmel
alles es tanzt und dehnt sich und neigt
sich dem himmlischen es ist das licht
in der welt

Angela Hoffmann

Gebet

Führ, liebes Licht, ringsum ist Dunkelheit,
O führe mich!
Die Nacht ist tief, ich bin vom Hause weit,
O führe mich!
Und hüte meinen Fuß, ich will nicht sehn,
Was in der Ferne ist, genug ist's, einen Schritt zu gehn.
Ich war nicht immer so, vermocht die Bitte nicht zu tun,
Du solltest führen mich.
Ich wollte selber wählen meinen Weg, doch nun
Führe Du mich!
Ich liebt den grellen Tag, statt in der Furcht, besessen
War mein Wille von Stolz – kannst Du's vergessen?
Du hast so lange mich gesegnet, nun vergib,
Und führe mich
Durch Dorn und Wildnis, Sümpfe und Gestrüpp,
Bis diese Nacht entwich
Und Engel stehen lächelnd an des Himmels Tor,
Die einmal ich geliebt und dann verlor.

John Henry Newman

Manisch

angezogen von abgründen
den berg hinauf
zum gipfel
das licht
unbegreiflich
schön

Doris Runge

Nur wen das Dunkel ergreift,
wird seine Nächte bestehn.
Wen nicht das Dunklere streift,
wer kann zum Dunkelsten gehn?

O du tiefes Gewicht!
Nacht, du erdrückst mir das Haus.
Leichter ist alles im Licht.
Aber das Lichte löscht aus.

Rudolf G. Binding

Morgensonett

Die ewighelle Schar will nun ihr Licht verschließen;
Diane steht erblasst; die Morgenröte lacht
Den grauen Himmel an; der sanfte Wind erwacht
Und reizt das Federvolk, den neuen Tag zu grüßen.

Das Leben dieser Welt eilt schon die Welt zu küssen
Und steckt sein Haupt empor; man sieht der Strahlen Pracht
Nun blinkern auf der See. O dreimal höchste Macht!
Erleuchte den, der sich jetzt beugt von deinen Füßen!

Vertreib die dicke Nacht, die meine Seel umgibt,
Die Schmerzensfinsternis, die Herz und Geist betrübt!
Erquicke mein Gemüt und stärke mein Vertrauen!

Gib, dass ich diesen Tag in deinem Dienst allein
Zubring! Und wenn mein End und jener Tag bricht ein,
Dass ich dich, meine Sonn, mein Licht, mög ewig schauen!

Andreas Gryphius

Im leeren Spiegel

In den Gewässern des Lichts,
die Stirnen, gegeneinander,
Sommergehölz fliegt herauf
über die Hüfte dir, Blitze
schrei ich herab, ihr kommt
fernher, Blitze, Asche,
Flocken Asche
fallen von dir, dein Kleid.

An der Schulter war ich,
die Ader an deinem Hals
brach mir im Mund, du sinkst
nicht, ich halt dich
bei den Armen, ich heb
über die Tiefe dich, so
geh vor mir her.

Einmal: ich bring dir wieder
den Trunk, vor den Himmeln
flieg ich, einmal: ich komm
aber herab, du hörst mich
atmen, dich hören die Felder
über dem Wind, ein weißes
Licht spricht mit dir.

Johannes Bobrowski

Urlicht

O Röschen rot,
Der Mensch liegt in größter Not,
Der Mensch liegt in größter Pein,
Je lieber möcht ich im Himmel sein.
Da kam ich auf einen breiten Weg,
Da kam ein Engelein und wollt mich abweisen.
Ach nein, ich ließ mich nicht abweisen.
Ich bin von Gott, ich will wieder zu Gott,
Der liebe Gott wird mir ein Lichtchen geben,
Wird leuchten mir bis in das ewig selig Leben.

Des Knaben Wunderhorn

Mit Brief und Uhr

Wachs,
Ungeschriebnes zu siegeln,
das deinen Namen
erriet,
das deinen Namen
verschlüsselt.

Kommst du nun, schwimmendes Licht?

Finger, wächsern auch sie,
durch fremde,
schmerzende Ringe gezogen.
Fortgeschmolzen die Kuppen.

Kommst du, schwimmendes Licht?

Zeitleer die Waben der Uhr,
bräutlich das Immentausend,
reisebereit.

Komm, schwimmendes Licht.

Paul Celan

Bilden und verstehen

Was wir in uns die tiefe Sehnsucht nennen,
Was uns mit dunklen Wünschen still erfüllt,
Die tiefe Wärme, hohes Licht so mild,
Sind Elemente, die wir selten kennen.

Die sich im einzelnen geheim zertrennen,
Wie Licht in dir, in mir sich Wärme hüllt,
Doch nimmer dringt ein Leben durch das Bild,
Wenn Licht und Wärme nicht als Flamme brennen.

Die Wärme in dem Herzen war so groß,
Dass ich ins kühle Morgenlicht gesehen;
Nun brennet wild die Flamme mir im Schoß.

Und endlich muss ein heilig Bild erstehen,
Reißt ewig sich so Licht als Wärme los,
So einigt sich ja Bilden und Verstehen.

Clemens Brentano

Epiphanie

Abendstern wird Morgenstern,
fern wird nah und nah wird fern,
dort wird hier und hier wird dort,
Ort wird Zeit und Zeit wird Ort.
Eins wird wieder, was sich zweite.
Heilig wird das Ungeweihte.
Sagbar wird das Niegesagte.
Möglich wird, was keiner wagte.
Alle Sehnsucht kommt zurück.
Alles Hoffen fasst sein Glück.
Hohes neigt sich tief zur Erde,
dass auch Kleinstes groß nun werde.
Alle Gründe öffnen sich.
Alle Himmel neigen sich.
Aus Untergang wird Überfall,
aus All wird Eins und Eins ist All.
Und Nacht zerbricht
in lauter Licht.

Josef Eger

Küste

Kehr dich
zu meinem Mund.
Ich sage dir
ein Schifferlied
unter die Wimpern:

Dass wir segeln
mit den Augenlidern
den Faden
der Küste entlang,
mit dem Licht im Gespräch.

Ernst Meister

Das Licht

Verherrlicht singen alle Bäume,
Ich weiß vor Licht mir keinen Rat.
Der See wirft seine Feuersäume
Gelassen in die Ufersaat.
Von seinem Glanze angezündet
Entbrennen Fels und Hügelfalt.
Was oben glüht und unten gründet
Ist groß in diesem Tag verkündet:
Das Licht übt seine Urgewalt.

Urs Martin Strub

Aber Licht scheuert die Berge,
Vogel flieg, auf und ab
darum Schatten mit deinen Flügeln,
die den Abhang, sich über ihn
schlagen, bis es standhält
an ihm, in den Augen auch mir
ohne Hände.

Helena Janeczek

Auf einem Lampenschirm

Sei der Flamme, die hinter dem Schirme brennt,
mein Name immer so transparent,
wie für des eigenen Herzens Schein
ich selber möchte durchsichtig sein.

Käm des Teufels Namen vor das Licht,
es wäre verfinstert, man sähe es nicht;
wir wiederum sind nicht klar genug:
drum bleibt in Schwarz unser Namenszug.

Die Lampe ist wie das Jüngste Gericht,
da führt man keinen mehr hinters Licht;
ein Hinter-dem-Lichte gibt es nicht.
Jeder ist vor dem Licht und – spricht.

Die Lampe: ein strahlender Mittelpunkt,
mit dem nun jeder Name prunkt;
dafür sind wir alle peripher:
in der Flamme heißt man eben nicht mehr.

Rainer Maria Rilke

Mittagslicht

Immer suchen dich meine Augen
Himmel aus blauem Licht Wolken Regen
Und Rauch, Tage aus Honig und Heu
Lerchen im Wind, ins Fenster
Blühen die Rosen, süß reifen
Die Kirschen in meinem Mund

O süßer Duft der Linden im Licht
Fern hinter den Wäldern summen
Die Straßen, über die Ebenen schwarz
Rollen Donner ins Land, unter
Apfelbäumen im wehenden Gras
Gehen pfeifend die Tage dahin

Reden hör ich am Morgen die Stare
Im Kirschbaum vorm Fenster, reden
Hör ich die Steine unter dem Moos
Kühl strömen die Wasser über mich hin
Rot segelt die Sonne, Licht, das ich atme
Die Mündung des Himmels hinauf

Sommer, goldenes Kraut, Dornbusch
Brennend im Wind, nach der Sense
Rufen die Ähren, leer zieh ich
Den Eimer herauf aus dem Brunnen
Rissig ist mein Herz wie die Erde
Die nach Regen schreit

Immer suchen dich meine Augen
Noch einmal will ich die Erde
Ausmessen mit meinem Schritt, siehe
Ich komme zu dir, am Ende des Sommers
Die Taschen voll Nüssen, die Hände
Voll Himmeln aus Licht

Volker von Törne

Der Engel

Ein holder Engel stand und strahlte,
Das Haupt geneigt, an Edens Tor;
Der Dämon flog, der finstere, kalte,
Aus düsterem Höllenschlund empor.

Der Geist des Zweifels, der Verneinung,
Er sah des Engels reinen Strahl,
Und vor der hellen Lichterscheinung
Schlug ihm das Herz zum ersten Mal.

„Verzeih", sprach er, „dass ich dich sehe,
Mir leuchtet nicht umsonst dein Licht:
Nicht alles hass' ich in der Höhe,
Schmäh auf der Erde alles nicht."

Alexander Puschkin

Vermächtnis

Jedwedes blutgefügte Reich
Sinkt ein, dem Maulwurfshügel gleich.
Jedwedes lichtgeborne Wort
Wirkt durch das Dunkel fort und fort.

Oskar Loerke

Eingesunkenes Erdreich

Zum Vaterland hat die Beere
Die Finger der Winzerin.
Sie aber, wen hat sie,
Am Ende des schmalen Pfades
        den grausamen Weinberg entlang?
Den Rosenkranz der Traube;
Am Abend die göttliche Frucht, die im Untergehn

Den letzten Lichtfunken blutet.

René Char

Abendwolken

Wolken seh' ich abendwärts
Ganz in reinste Glut getaucht,
Wolken ganz in Licht zerhaucht,
Die so schwül gedunkelt hatten.
Ja! mir sagt mein ahnend Herz:
Einst noch werden, ob auch spät,
Wenn die Sonne niedergeht,
Mir verklärt der Seele Schatten.

Ludwig Uhland

Firnelicht

Wie pocht' das Herz mir in der Brust
Trotz meiner jungen Wanderlust,
Wenn, heimgewendet, ich erschaut
Die Schneegebirge, süß umblaut,
Das große stille Leuchten!

Ich atmet eilig, wie auf Raub,
Der Märkte Dunst, der Städte Staub.
Ich sah den Kampf. Was sagest du,
Mein reines Firnelicht, dazu,
Du großes stilles Leuchten?

Nie prahlt ich mit der Heimat noch
Und liebe sie von Herzen doch!
In meinem Wesen und Gedicht
Allüberall ist Firnelicht,
Das große stille Leuchten.

Was kann ich für die Heimat tun,
Bevor ich geh im Grabe ruhn?
Was geb ich, das dem Tod entflieht?
Vielleicht ein Wort, vielleicht ein Lied,
Ein kleines stilles Leuchten!

Conrad Ferdinand Meyer

Der Mond

Wie wundersam erwacht
Die kaum entschlafne Welt,
Wenn in das Haus der Nacht
Der Schein des Mondes fällt.

O Auge, das nicht sieht,
Erloschener Trabant,
O weißer Kelch, entblüht
Der dunkeln Himmelswand.

Dein Licht beglänzt die Saat,
Der schwarzen Wälder Hut,
Und zittert wie ein Pfad
Auf der bewegten Flut.

Und wie in rascher Flucht
Die Wolken dich umwehn,
Erschimmern Land und Bucht
Und schatten und vergehn.

Wie oft schon, reines Licht,
Der Liebe zugesellt,
Hast du das Angesicht
Des Freundes mir erhellt.

Es fällt der Liebe Wort
Süß in die dunkle Zeit,
Wie Mondschein auf den Ort
Der Traurigkeit.

Marie Luise Kaschnitz

Nachtfahrt

Ein licht vor sich herschickend, zufahren
auf ein licht

Auf die möglichkeit eines lichts

Auf einen lichtschalter der
nicht berührt werden wird

Unter dessen lampe
du schläftst

Reiner Kunze

Fernes Licht mit nahem Schein

Fernes Licht mit nahem Schein
wie ich mich auch lenke,
lockt es dich nicht da zu sein,
wenn ich an dich denke?

Wo du bist, du sagst es nicht
und du kannst nicht lügen.
Nahen Schein von fernem Licht
lässt du mir genügen.

Wüsst' ich, wo das ferne Licht,
wo es aufgegangen,
naher Schein, er wehrte nicht,
leicht dich zu erlangen.

Fernes Licht mit nahem Schein
mir zu Lust und Harme,
lockt es dich nicht da zu sein,
wenn ich dich umarme?

Karl Kraus

Finsternisse fallen dichter

Finsternisse fallen dichter
Auf Gebirge, Stadt und Tal.
Doch schon flimmern kleine Lichter
Tief aus Fenstern ohne Zahl.

Immer klarer, immer milder,
Längs des Stroms gebognem Lauf
Blinken irdische Sternenbilder
Nun zu himmlischen hinauf.

Hans Carossa

Ultra Violett,

das Einsame, sprach zu mir:

Noch lebe ich unsichtbar.
Aber ihr könnt mich alle empfinden.
Versucht es mich zu erkennen.
Ich will euch neue Sonnen,
Neue Welten geben.

Max Dauthendey

Im Sonnenlicht

Die Sonne, wie sie mir zufällt,
kupfern und golden,
dem blinzelnden Schläfer, –
ich habe sie nicht verlangt.

Ich will sie nicht, wie sie die Haut mir bräunt
und mir Gutes tut,
ich fürchte das Glück, –
ich habe es nicht verlangt.

Die ihr sie hinnehmt,
kupfern und golden,
dass sie das Weizenkorn härtet,
dass sie die Traube kocht, –
wer seid ihr, dass ihr nicht bangt?

Was üppig sie gab,
was wir genommen ohne Besinnen,
das unverlangte Geschenk, –
eines bestürzenden Tages
wird es zurückverlangt.

Was zu verschwenden erlaubt war,
die kupferne Scheidemünze,
die Haufen Goldes,
die vertanen Reichtümer, – genau
wird es zurückverlangt.

Aber wir werden leere Taschen haben
und der Gläubiger ist unbarmherzig.
Womit werden wir zahlen?
O Brüder, dass ihr nicht bangt!

Günter Eich

Der Weihnachtsstern

Mögt ihr auch in die allerfernste Ferne,
die flimmernde, des Weltenraumes spähn,
ihr könnt nur Sterne, immer neue Sterne,
doch nirgend könnt ihr meinesgleichen sehn.

Ich komme aus der andern Welt und Zeit
zufolge Gottes deutender Gebärde
und ziehe über Bethlehems Gebreit
und über all die Traurigkeit der Erde.

Denkt nicht, ich wäre schon, ich selbst, das Licht.
Das Licht ist unbegreiflich eins und keins.
Ich bin, der sich im Erdendämmer bricht,
Der Schein nur, nur der Widerschein des Scheins,

ein Zeichen nur in dieser Nacht und Stille.
Vielleicht dass einer, der mich sieht, sich bang
erhebt und aufbricht und aus seiner Fülle
ins Ungewisse geht sein Leben lang.

Manfred Hausmann

Lichter

Das Glitzern des Glühwürmchens
begleitet den Schritt der Nacht

Darüber leuchtet der Honigmond
mit blondem Gesicht

Ringsum die Silbersterne
jeder Funke eine Welt
Pulsschläge des Raumes

Am Morgen
steigt das stärkste Licht
am Himmel empor
umwirbt die Erde
mit Strahlenworten

Wir
in Verbindung mit Lichtern
aus allen Zonen
halten die Lebensfackel
in unsrer sterblichen Hand

Rose Ausländer

Manche Nacht

Wenn die Felder sich verdunkeln,
fühl ich, wird mein Auge heller;
schon versucht ein Stern zu funkeln,
und die Grillen wispern schneller.

Jeder Laut wird bilderreicher,
das Gewohnte sonderbarer,
hinterm Wald der Himmel bleicher,
jeder Wipfel hebt sich klarer.

Und merkst es nicht im Schreiten,
wie das Licht verhundertfältigt
sich entringst den Dunkelheiten.
Plötzlich stehst du überwältigt.

Richard Dehmel

der Name

vielleicht
dass heisenberg
wirklich die weltformel fand
das wird sich noch weisen

aber wann aber wann
wird die heiligung
jenes namens erscheinen
der mehr ist
als welten und formeln?

vielleicht
dass die herren der erde
wirklich nicht nur das unrecht
erstreben
das wird sich noch weisen

aber wann aber wann
wird die heiligung
jenes namens erscheinen
der die erde verwandelt
in eine sonne des rechts?

vielleicht
dass die christen
wirklich das licht sind der welt
das wird sich noch weisen

aber wann aber wann
wird die heiligung
jenes namens erscheinen
der finsternis sprengt
mit explosionen des lichts?

Kurt Marti

Wunderbar verwebt, der uns erschuf,
In den bunten Teppich unsres Lebens,
Lichten Traum und dunkle Wirklichkeit.
Und wir wissen's erst beim letzten Ruf:
Keinen dieser Fäden wob vergebens
Seine Hand in diese bunten Streifen,
Die gemach enträtselnd wir begreifen
Erst im Lichte seiner Ewigkeit!

Agnes Miegel

Licht

Für Siegfried Unseld

Immer weiter gehn und immer weiter
bei geschlossnen Augen oder auch
deine Augen weit geöffnet: heiter
wird die Welt und blüht als Wunderstrauch.

Licht fällt leicht aus einem hohen Himmel
und du wirst von dir weit fort geführt
ohne Staunen über das Gewimmel
einer Ferne, die du aufgespürt

und die summt am Horizont. Dahinter
gibt es für die Augen nur zu sehn
Länder ohne Sommer oder Winter:
Licht, an dem die Augen übergehn.

Karl Krolow

Wilfrid Lutz

Jahrgang 1962, lebt und arbeitet als Autor, Lektor und Verleger in Güntersleben bei Würzburg. Studium der Literaturwissenschaft, Philosophie und Geschichte. Danach freier Publizist und Lektor. Neben mehreren in den Verlagen Suhrkamp und Insel herausgegebenen Lyrikanthologien trat er auch selbst als Lyriker an die Öffentlichkeit.

Eberhard Münch

Jahrgang 1959, Studium der Wandmalerei an der Akademie der Bildenden Künste in Nürnberg. Freischaffender Künstler, Aufträge im In- und Ausland, zahlreiche eigene Ausstellungen und Ausstellungsbeteiligungen. Gestaltung von mehr als 120 Kirchen und Kapellen. www.atelier-muench.de

Quellennachweise

Seite 55: Rose Ausländer, *Lichter*. Aus: dies., *Ich höre das Herz des Oleanders.* Gedichte 1977–1979. © S. Fischer Verlag GmbH, Frankfurt am Main 1984

Seite 14: Ingeborg Bachmann, *An die Sonne*. Aus: dies., *Werke,* Band 1: Gedichte © 1978 Piper Verlag GmbH, München

Seite 24: Johannes Bobrowski, *Im leeren Spiegel*. Aus: ders., Gesammelte Werke in sechs Bänden, Erster Band © 1988 Deutsche Verlags-Anstalt, München, in der Verlagsgruppe Random House GmbH

Seite 49: Hans Carossa, *Finsternisse fallen dichter*. Aus: ders., *Gesammelte Werke.* Jubiläumsausgabe zum hundertsten Geburtstag, Band 4: *Doktor Bürger. Rumänisches Tagebuch.* Gedichte. © Dr. h. c. Eva Kampmann-Carossa, Passau

Seite 27: Paul Celan, *Mit Brief und Uhr*. Aus: ders., *Sprachgitter.* © S. Fischer Verlag GmbH, Frankfurt am Main 1959

Seite 41: René Char, *Eingesunkenes Erdreich*. Aus: dem Zyklus *Scheiden.* Deutsch von Johannes Hübner und Lothar Klünner. In: René Char, *Poésies/ Dichtungen II.* © S. Fischer Verlag GmbH, Frankfurt am Main 1968
Originaltitel: *Fontis*, Auszug aus *Quitter*. In: *La parole en archipel*
© Editions Gallimard, Paris 1962

Seite 11: Hilde Domin, *Unterwegs*. Aus: dies., *Gesammelte Gedichte.* © S. Fischer Verlag GmbH, Frankfurt am Main 1987

Seite 30: Josef Eger, *Epiphanie*. Aus: ders., *Narrenweisheit*. Gedichte. Martin-Verlag Walter Berger, Buxheim 1970

Seite 52: Günter Eich, *Im Sonnenlicht*. Aus: ders. *Gesammelte Werke in vier Bänden*. Band I: *Die Gedichte. Die Maulwürfe.* © Suhrkamp Verlag Frankfurt am Main 1991

Seite 53: Manfred Hausmann, *Der Weihnachtsstern*. Aus: ders., *Nachtwache. Alte Musik. Füreinander.* Gedichte aus den Jahren 1922–1946. © S. Fischer Verlag GmbH, Frankfurt am Main 1983

Seite 16: Hermann Hesse, *Licht der Frühe*. Aus: ders., *Sämtliche Werke,* Band 10: Die Gedichte. © Suhrkamp Verlag Frankfurt am Main 2002

Seite 17: Angela Hoffmann, *Das Wunderbare*. Aus: dies., *Gedichte über Leben.* Herausgegeben von Anton Gerhard Leitner und Olaf Alp. © Angela Hoffmann

Seite 34: Helena Janeczek, *Aber Licht scheuert die Berge.* Aus: dies., *Ins Freie*, Gedichte. © Suhrkamp Verlag Frankfurt am Main 1989

Seite 45: Marie Luise Kaschnitz, *Der Mond*. Aus: dies., *Überallnie.* © 1965 Claassen Verlag in der Ullstein Buchverlage GmbH, Berlin

Seite 60: Karl Krolow, *Licht*. Aus: ders., *Gesammelte Gedichte*. Vier Bände. © Suhrkamp Verlag Frankfurt am Main 1997

Seite 46: Reiner Kunze, *Nachtfahrt*. Aus: ders., *auf eigene hoffnung*. © Fischer Taschenbuch Verlag GmbH, Frankfurt am Main 1981

Seite 40: Oskar Loerke, *Vermächtnis*. Aus: ders., *Die Gedichte*. © Suhrkamp Verlag Frankfurt am Main 1983

Seite 57: Kurt Marti, *der Name*. Mit Genehmigung des Radius-Verlags entnommen aus: Kurt Marti, *geduld und revolte. die gedichte am rand*. © 2002 by Radius-Verlag, Alexanderstraße 162, 70180 Stuttgart

Seite 31: Ernst Meister, *Küste*. Aus: ders., *Zahlen und Figuren*, 1987 © Rimbaud Verlag

Seite 58: Agnes Miegel, *Wunderbar verwebt, der uns erschuf*. Aus: dies., *Gesammelte Werke*, erschienen bei Diederichs im Heinrich Hugendubel Verlag Kreuzlingen / München

Seite 19: John Henry Newman, *Gebet*. Deutsch von Edgar Hederer. Aus: *Gedichte des Abendlandes*. Herausgegeben von Edgar Hederer. © Fischer Bücherei KG, Frankfurt am Main und Hamburg 1961. Alle Rechte vorbehalten. S. Fischer Verlag GmbH, Frankfurt am Main

Seite 39: Alexander Puschkin, *Der Engel*. Aus: ders., *Die Gedichte*. Russisch und deutsch. Aus dem Russischen von Michael Engelhard. Herausgegeben von Rolf-Dietrich Keil. © der deutschsprachigen Ausgabe Insel Verlag, Frankfurt am Main und Leipzig 1999

Seite 20: Doris Runge, *Manisch*. Aus: dies., *kommt zeit*. Gedichte. © 1988 Deutsche Verlags-Anstalt, München, in der Verlagsgruppe Random House GmbH

Seite 10: Eva Strittmatter, *Licht II*. Aus: dies., *Sämtliche Gedichte*. © Aufbau Verlagsgruppe GmbH, Berlin 2006 (Das Gedicht erschien erstmals 1977 in Eva Strittmatter: *Die eine Rose überwältigt alles* im Aufbau-Verlag; Aufbau ist eine Marke der Aufbau Verlagsgruppe GmbH)

Seite 32: Urs Martin Strub, *Das Licht*. Aus: ders., *Lyrik*. Atlantis Verlag, Zürich 1946. © Urs Martin Strub Familie (Schweiz)

Seite 36: Volker von Törne, *Mittagslicht*. Aus: ders., *Im Lande Vogelfrei*. © Verlag Klaus Wagenbach, Berlin 1981

Impressum
Mitten ins Licht

Aquarelle
Eberhard Münch, Wiesbaden-Biebrich

Textauswahl
Wilfrid Lutz, Güntersleben

Konzeption, Gestaltung und Herstellung
Sabine Walter und Stefan Wiesner, Gnadenthal

siehe Seite 62 f.

Abbildungen

Seite 4	2007	Aquarell/Mischtechnik	56,5 × 76,5 cm
Seite 13	2007	Aquarell/Mischtechnik	56,5 × 76,5 cm
Seite 18	2007	Aquarell/Mischtechnik	56,5 × 76,5 cm
Seite 21	2007	Aquarell/Mischtechnik	50,0 × 50,0 cm
Seite 25	2007	Aquarell/Mischtechnik	56,5 × 76,5 cm
Seite 29	2007	Aquarell/Mischtechnik	56,5 × 76,5 cm
Seite 33	2008	Aquarell/Mischtechnik	56,5 × 76,5 cm
Seite 38	2007	Aquarell/Mischtechnik	56,5 × 76,5 cm
Seite 43	2008	Aquarell/Mischtechnik	56,5 × 76,5 cm
Seite 47	2007	Aquarell/Mischtechnik	56,5 × 76,5 cm
Seite 51	2007	Aquarell/Mischtechnik	56,5 × 76,5 cm
Seite 54	2007	Aquarell/Mischtechnik	56,5 × 76,5 cm
Seite 59	2007	Aquarell/Mischtechnik	43,0 × 56,0 cm

Präsenz Kunst & Buch
Gnadenthal · 65597 Hünfelden
www.praesenz-kunst-und-buch.de

ISBN 978-3-87630-074-0